هینسل اور گریٹل

Hansel and Gretel

Retold by Manju Gregory

Illustrated by Jago

Urdu translation by Qamar Zamani

Mantra

ایک زمانے میں بہت عرصے پہلے، ایک غریب لکڑہارا اپنی بیوی اور دو بچوں کے ساتھ رہتا تھا۔

لڑکے کا نام ہینسل تھا اور اُس کی بہن گریٹل کہلاتی تھی۔

اُس زمانے میں پورے ملک میں زبردست قحط پھیلا ہوا تھا۔

ایک شام باپ نے اپنی بیوی کی طرف دیکھ کر ایک آہ بھری اور کہا ”اَب تو اتنی روٹی بھی نہیں ہے کہ ہم اپنا پیٹ بھر سکیں۔“

”میری بات سُنو“ بیوی بولی ”ہم بچوں کو جنگل میں لے جائیں گے اور اُن کو وہاں چھوڑ دیں گے۔ وہ اپنی دیکھ بھال خود کر سکتے ہیں۔“

”لیکن جنگلی جانور اُن کو پھاڑ کھائیں گے!“ وہ چیخا۔

”کیا تم چاہتے ہو کہ ہم سب موت کے مُنہ میں چلے جائیں؟“ وہ بولی۔

اور اُس آدمی کی بیوی اپنی بات کی تکرار کرتی رہی یہاں تک کہ وہ راضی ہو گیا۔

Once upon a time, long ago, there lived a poor woodcutter with his wife and two children. The boy's name was Hansel and his sister's, Gretel. At this time a great and terrible famine had spread throughout the land. One evening the father turned to his wife and sighed, "There is scarcely enough bread to feed us."
"Listen to me," said his wife. "We will take the children into the wood and leave them there. They can take care of themselves."

"But they could be torn apart by wild beasts!" he cried.
"Do you want us all to die?" she said. And the man's wife went on and on and on, until he agreed.

دونوں بچے جاگ رہے تھے کیونکہ اُن کو سخت بھوک کی وجہ سے کمزوری اور بیقراری تھی۔ اُنہوں نے ایک ایک لفظ سُن لیا
اور گریٹل زار و قطار رونے لگی۔

”گھبراؤ نہیں۔“ ہینسل نے کہا ”میرا خیال ہے میں جانتا ہوں کہ ہم اپنے آپ کو کس طرح بچا سکتے ہیں۔“

وہ دبے پاؤں باغ میں چلا گیا۔ چاند کی چاندنی میں چمکدار سفید سنگریزے چاندی کی طرح پگڈنڈی پر جھلملا رہے تھے۔
ہینسل نے اپنی جیبیں اُن سنگریزوں سے بھر لیں اور اپنی بہن کو تسلّی دینے واپس آ گیا۔

The two children lay awake, restless and weak with hunger.
They had heard every word, and Gretel wept bitter tears.
“Don’t worry,” said Hansel, “I think I know how we can save ourselves.”
He tiptoed out into the garden. Under the light of the moon, bright white pebbles shone like silver coins on the pathway. Hansel filled his pockets with pebbles and returned to comfort his sister.

دوسرے دن صبح سویرے، سورج نکلنے سے پہلے ہی ماں نے اُن کو جھنجھوڑ کر جگا دیا۔ ”اُٹھ جاؤ۔ ہم لوگ جنگل میں جا رہے ہیں۔
لو، یہ روٹی کا ایک ٹکڑا تم دونوں کے لئے ہے لیکن پورا ایک دن ہی مت کھا لینا۔“
وہ سب ساتھ ساتھ جنگل کی طرف چل دیئے۔ ہینسل بار بار رُک جاتا تھا اور مُڑ کر گھر کی طرف دیکھتا تھا۔
”تم کیا کر رہے ہو؟“ باپ نے چلّا کر کہا۔
”میں تو بس اپنی ننھی سی سفید بلی کو خدا حافظ کہہ رہا ہوں جو گھر کی چھت پر بیٹھی ہوئی ہے۔“
”بکواس مت کرو!“ ماں نے جواب دیا۔ ”سچ سچ بتاؤ۔ وہ تو صبح کا سورج ہے جو چمنی کے گولے پر چمک رہا ہے۔“
دراصل ہینسل چپکے چپکے سفید سنگریزے راستے میں گرا رہا تھا۔

Early next morning, even before sunrise, the mother shook Hansel and Gretel awake.
"Get up, we are going into the wood. Here's a piece of bread for each of you, but don't eat it all at once."
They all set off together. Hansel stopped every now and then and looked back towards his home.
"What are you doing?" shouted his father.
"Only waving goodbye to my little white cat who sits on the roof."
"Rubbish!" replied his mother. "Speak the truth. That is the morning sun shining on the chimney pot."
Secretly Hansel was dropping white pebbles along the pathway.

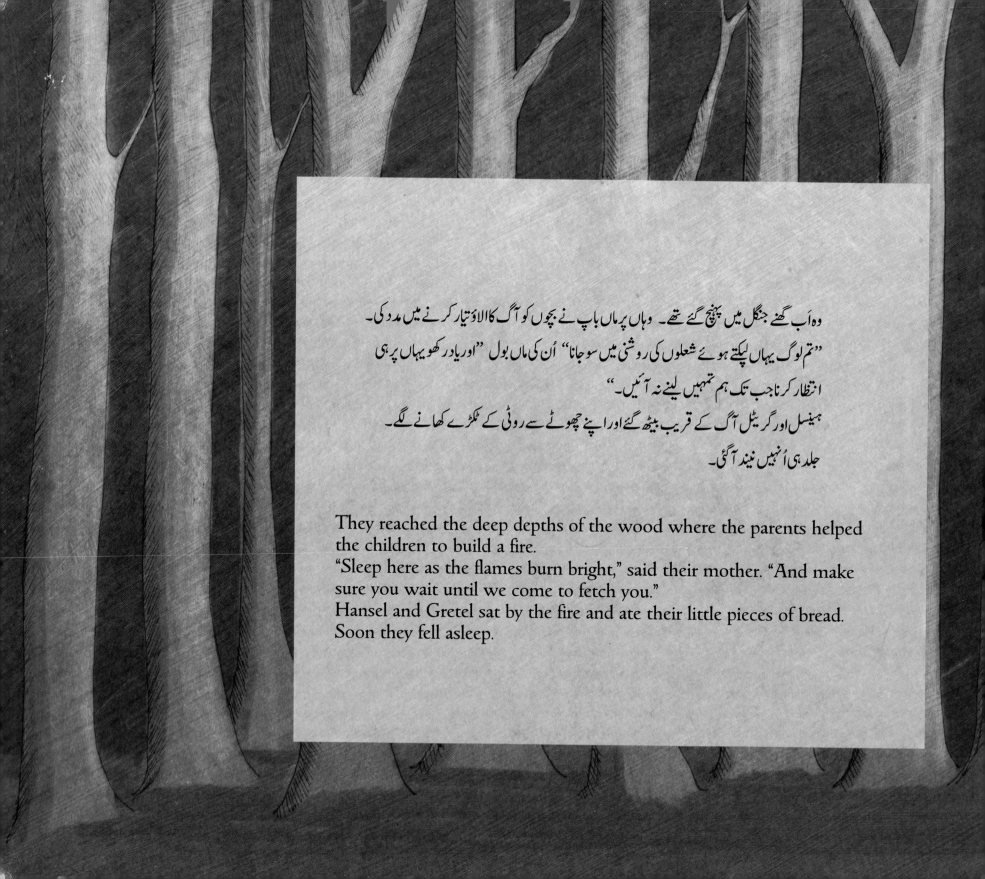

وہ اَب گھنے جنگل میں پہنچ گئے تھے۔ وہاں پر ماں باپ نے بچوں کو آگ کا الاؤ تیار کرنے میں مدد کی۔
”تم لوگ یہاں لپکتے ہوئے شعلوں کی روشنی میں سو جانا“ اُن کی ماں بول ”اور یاد رکھو یہاں پر ہی
انتظار کرنا جب تک ہم تمہیں لینے نہ آئیں۔“
ہینسل اور گریٹل آگ کے قریب بیٹھ گئے اور اپنے چھوٹے سے روٹی کے ٹکڑے کھانے لگے۔
جلد ہی اُنہیں نیند آگئی۔

They reached the deep depths of the wood where the parents helped the children to build a fire.
“Sleep here as the flames burn bright,” said their mother. “And make sure you wait until we come to fetch you.”
Hansel and Gretel sat by the fire and ate their little pieces of bread.
Soon they fell asleep.

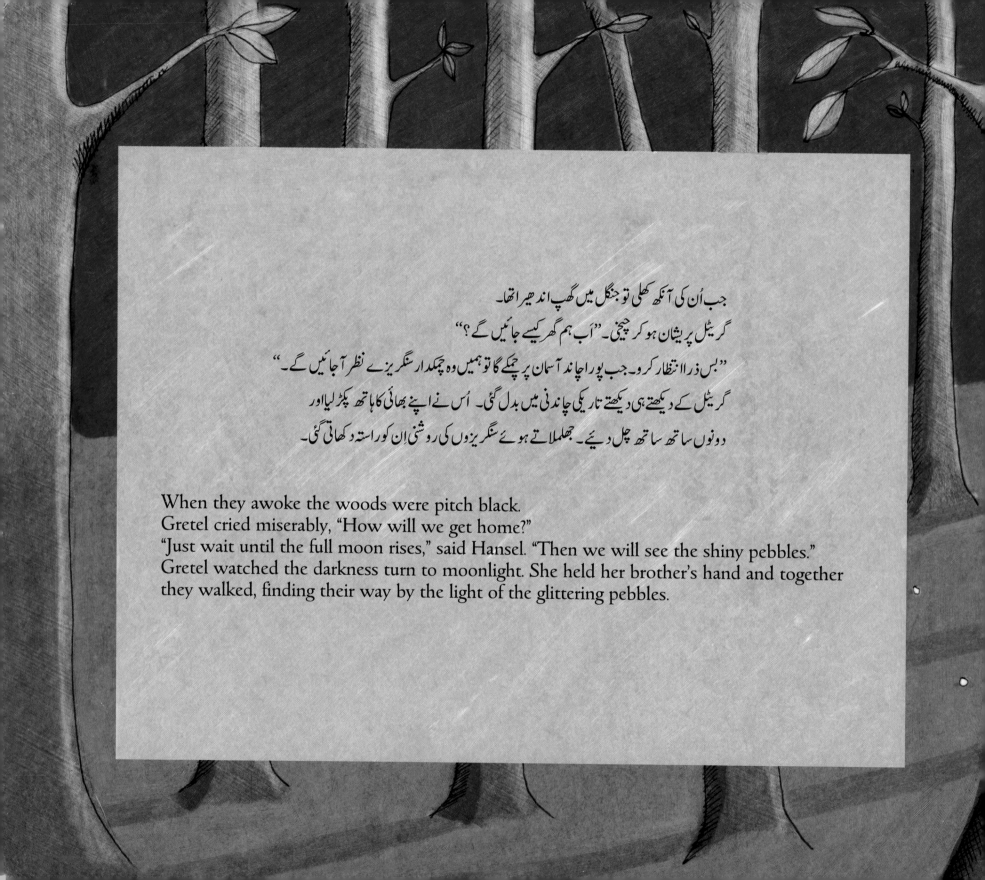

جب اُن کی آنکھ کھلی تو جنگل میں گھپ اندھیرا تھا۔
گریٹل پریشان ہو کر چیخی۔ ”اَب ہم گھر کیسے جائیں گے؟“
”بس ذرا انتظار کرو۔ جب پورا چاند آسمان پر چمکے گا تو ہمیں وہ چمکدار سنگریزے نظر آجائیں گے۔“
گریٹل کے دیکھتے ہی دیکھتے تاریکی چاندنی میں بدل گئی۔ اُس نے اپنے بھائی کا ہاتھ پکڑ لیا اور
دونوں ساتھ ساتھ چل دیئے۔ جھلملاتے ہوئے سنگریزوں کی روشنی اِن کو راستہ دکھاتی گئی۔

When they awoke the woods were pitch black.
Gretel cried miserably, “How will we get home?”
“Just wait until the full moon rises,” said Hansel. “Then we will see the shiny pebbles.”
Gretel watched the darkness turn to moonlight. She held her brother’s hand and together they walked, finding their way by the light of the glittering pebbles.

صبح ہوتے ہوتے وہ لکڑ ہارے کے مکان تک پہنچ گئے۔ ماں نے جب دروازہ کھولا تو چیخ کر بولی
"تم دونوں جنگل میں اتنی دیر تک کیوں سوتے رہے؟ میں سمجھ رہی تھی کہ اَب تم کبھی گھر ہی نہیں آؤ گے۔"
وہ بے حد غصّے میں تھی لیکن اُن کا باپ خوش تھا۔ اُس کو اُنہیں اکیلے چھوڑتے ہوئے بہت تکلیف ہوئی تھی۔

وقت گزر تا رہا۔ ابھی بھی اُن کے پاس اتنا کھانا نہیں تھا جس سے پورے خاندان کا پیٹ بھر سکے۔ ایک رات ہینسل
اور گریٹل نے اپنی ماں کو یہ کہتے سُنا۔

"بچوں کا جانا ضروری ہے۔ ہم اُن کو جنگل میں اور دور تک لے جائیں گے۔

اِس دفعہ وہ باہر نکلنے کا راستہ نہیں ڈھونڈ پائیں گے۔"

ہینسل اپنے بستر سے نکلا تاکہ دوبارہ سنگریزے تلاش کرے لیکن اِس مرتبہ دروازے میں تالا لگا ہوا تھا۔

"تم رُو نہیں۔" اُس نے گریٹل سے کہا۔ "میں کوئی ترکیب سوچوں گا۔ تم اَب سو جاؤ۔"

Towards morning they reached the woodcutter's cottage.
As she opened the door their mother yelled, "Why have you slept so long in the woods?
I thought you were never coming home."
She was furious, but their father was happy. He had hated leaving them all alone.

Time passed. Still there was not enough food to feed the family.
One night Hansel and Gretel overheard their mother saying, "The children must go.
We will take them further into the woods. This time they will not find their way out."
Hansel crept from his bed to collect pebbles again but this time the door was locked.
"Don't cry," he told Gretel. "I will think of something. Go to sleep now."

دوسرے دن، روٹی کے اور بھی چھوٹے ٹکڑوں کے ساتھ بچوں کا سفر شروع ہوا

اور وہ گھنے جنگل میں ایسی جگہ لے جائے گئے جہاں وہ پہلے کبھی نہیں گئے تھے۔

تھوڑی تھوڑی دیر بعد ہینسل رُکتا تھا اور روٹی کے چھوٹے چھوٹے ٹکڑے زمین پر پھینک دیتا تھا۔

اُن کے ماں باپ نے آگ جلائی اور اُن کو سو جانے کی ہدایت کی۔ ''ہم لکڑیاں کاٹنے جا رہے ہیں اور

جب کام ختم ہو جائے گا تو تمہیں لینے آجائیں گے۔'' اُن کی ماں نے کہا۔ گریٹل نے اپنی روٹی میں سے ہینسل کو بھی ٹکڑا دیا

اور دونوں انتظار کرتے رہے۔ لیکن کوئی بھی نہیں آیا۔

''جب چاند اُوپر آسمان پر آئے گا تو ہمیں روٹی کے چھوٹے ٹکڑے نظر آجائیں گے اور ہم گھر کا راستہ تلاش کر لیں گے۔'' ہینسل نے کہا۔

چاند نکل آیا لیکن روٹی کے ٹکڑے غائب ہو چکے تھے۔ جنگل کی چڑیوں اور جانوروں نے ایک ایک ذرّہ کھا لیا تھا۔

The next day, with even smaller pieces of bread for their journey, the children were led to
a place deep in the woods where they had never been before. Every now and then Hansel
stopped and threw crumbs onto the ground.
Their parents lit a fire and told them to sleep. "We are going to cut wood, and will fetch
you when the work is done," said their mother.
Gretel shared her bread with Hansel and they both waited and waited. But no one came.
"When the moon rises we'll see the crumbs of bread and find our way home," said Hansel.
The moon rose but the crumbs were gone.
The birds and animals of the
wood had eaten every one.

”ہم جلد ہی اِس ویرانے سے باہر نکلنے کا راستہ ڈھونڈ لیں گے۔“ ہینسل بولا۔
بچے تین دن تک جنگل میں بھٹکتے رہے۔ وہ بھوک سے نڈھال اور تھکے ہوئے تھے۔ اُن کا گزارہ صرف بیروں پر تھا۔
آخر کار وہ ایک درخت کے نیچے لیٹ کر سو گئے۔ ایک روپہلی چڑیا کے میٹھے گانے سے اُن کی آنکھ کھل گئی۔
جب وہ چڑیا جنگل کی طرف اُڑی تو بچوں نے اُس کا پیچھا کیا یہاں تک کہ وہ ایک ایسے شاندار گھر تک پہنچ گئے
جیسا اُنہوں نے کبھی نہیں دیکھا تھا۔

"We will soon find our way out of this wilderness," said Hansel.
The children searched the woods for three days. Hungry and tired, feeding only on berries, at last they lay down under a tree to sleep. They were awakened by the sweet song of a silver white bird. When the bird flew off into the forest the children followed, until they reached the most wonderful house they had ever seen.

The walls were tiled with strawberry tarts,
the roof was made of chocolate hearts.
Around the windows were caramel frames
and the pathway was lined with candy canes.
"Now we can eat!" said Hansel and he bit off
a piece of the roof.
Suddenly, they heard a voice. "Jimney, Jimney,
who's that nibbling at my chimney?"
"It's the wind, it blows right in," they
answered, and went on eating.
All at once the door opened and a strange,
shrivelled woman appeared. Beyond her tiny
spectacles she had blood red eyes.
Hansel and Gretel were so frightened they
dropped their sweets.
"What brought you here, my dears?" she said.
"If it is hunger, then come and see what I
have for you."
She took them by the hand and led them
into her little house.

دیواروں پر اسٹرابری کے سموسوں کی ٹائلیں لگی ہوئی تھیں اور
چھت چاکلیٹ سے بنی دل کی شکل کی مٹھائی کی تھی۔ کھڑکیوں کے
چاروں طرف پکائی ہوئی شکر کی ٹافیوں کے چھوکھٹے تھے اور
راستے پر دونوں طرف مٹھائی کے بنے ہوئے سرکنڈے کھڑے تھے۔
"اَب ہم کھا سکتے ہیں!" ہینسل نے کہا اور
اُس نے چھت کا ایک ٹکڑا کاٹ کر منہ میں رکھ لیا۔
دفعتاً اُنہیں ایک آواز آئی "چِمنی چِمنی، میرے گھر کی چمنی کو کون کھا رہا ہے؟"
"یہ تو ہوا ہے۔ اندر تک آ رہی ہے۔" اُنھوں نے جواب دیا اور
اپنا کھانے کا شغل جاری رکھا۔
ایک دم ہی دروازہ کھل گیا اور ایک عجیب و غریب سوکھی سہمی عورت بر آمد ہوئی۔
اُس کی چھوٹی سی عینک کے پیچھے سُرخ انگارہ آنکھیں تھیں۔ ہینسل اور
گریٹل اِس قدر خوفزدہ ہو گئے کہ اُن کے ہاتھوں سے ساری مٹھائیاں گر گئیں۔
"تم یہاں کس لئے آئے ہو، میرے پیارو؟" وہ بولی "اگر اِس کی وجہ بھوک ہے
تو تم آ کر دیکھو کہ میرے پاس تمہارے لئے کیا ہے۔"
وہ اُن کا ہاتھ پکڑ کر اُنہیں اپنے چھوٹے سے گھر کے اندر لے گئی۔

ہینسل اور گریٹل کو کھانے کے لئے عمدہ اور مزیدار چیزیں ملیں!
سیب اور خشک میوہ، شہد سے لبالب چپٹے کیک۔
اِس کے بعد وہ دونوں سفید کتان کی چادروں سے ڈھکے ننھے مُنّے بستروں میں لیٹ گئے اور اِس طرح سو گئے جیسے جنت میں ہوں۔
اُن دونوں کو قریب سے گھورتے ہوئے عورت بولی "تم دونوں بے حد دُبلے ہو۔ آج میٹھے خوابوں کے مزے لے لو کیونکہ کل سے ڈراؤنے خواب شروع ہو جائیں گے!"
وہ عجیب و غریب عورت جس کا کھانے کے قابل گھر اور بے انتہا کمزور نظر تھی مہربان ہونے کا دکھاوا کر رہی تھی۔
دراصل وہ ایک منحوس جادوگرنی تھی!

Hansel and Gretel were given all good things to eat! Apples and nuts, milk, and pancakes covered in honey.
Afterwards they lay down in two little beds covered with white linen and slept as though they were in heaven.
Peering closely at them, the woman said, “You’re both so thin. Dream sweet dreams for now, for tomorrow your nightmares will begin!”
The strange woman with an edible house and poor eyesight had only pretended to be friendly.
Really, she was a wicked witch!

صبح کے وقت اُس منحوس جادوگرنی نے ہینسل کو جکڑ لیا اور اُس کو ایک پنجرے میں دھکا دے دیا۔

قید میں گھِر ا' سخت دہشت زدہ' وہ مدد کے لئے چیخ و پُکار کرنے لگا۔

گریٹل دوڑتی ہوئی آئی ''تم میرے بھائی کے ساتھ کیا کر رہی ہو؟'' وہ چیخی۔

جادوگرنی نے قہقہہ لگایا اور اپنی سرخ آنکھیں گھمائیں۔

''میں اُس کو اپنے کھانے کے لئے تیار کر رہی ہوں۔'' اُس نے جواب دیا۔ ''اور تم میری مدد کرو گی' ننھی لڑکی۔''

گریٹل سخت خوفزدہ ہو گئی۔

اُس کو جادوگرنی کے باورچی خانے میں بھیج دیا گیا جہاں اُس کو اپنے بھائی کے لئے بہت بڑی مقدار میں کھانے تیار کرنا تھے۔

لیکن اُس کا بھائی کسی طرح موٹا ہی نہیں ہو رہا تھا۔

In the morning the evil witch seized Hansel and shoved him
into a cage. Trapped and terrified he screamed for help.
Gretel came running. "What are you doing to my
brother?" she cried.
The witch laughed and rolled her blood red eyes.
"I'm getting him ready to eat," she replied. "And you're
going to help me, young child."
Gretel was horrified.
She was sent to work in the witch's kitchen
where she prepared great helpings of food for
her brother.
But her brother refused to get fat.

جادوگرنی روز ہینسل کے پاس آتی تھی ”اپنی انگلی باہر نکالو“ وہ غصے سے بولی
”تاکہ میں چھو کر دیکھ سکوں کہ تم کتنے موٹے ہو گئے ہو!“
اُس نے اپنی جیب میں رکھی ہوئی ایک خوش نصیبی والی دوشاخہ ہڈی اُس کو چُبھو دی۔
جادوگرنی، جس کی نظر بے انتہا کمزور تھی سمجھ ہی نہ سکی کہ یہ لڑکا ابھی تک ڈھانچے کی طرح دُبلا کیوں تھا۔
جب تین ہفتے گزر گئے تو اُس کی برداشت سے باہر ہو گیا۔
”گریٹل، لکڑیاں جمع کرو اور جلدی کرو ہم اِس لڑکے کو برتن میں ڈال کر پکائیں گے۔“ جادوگرنی نے کہا۔

The witch visited Hansel every day. “Stick out your finger,”
she snapped. “So I can feel how plump you are!”
Hansel poked out a lucky wishbone he’d kept in his pocket.
The witch, who as you know had very poor eyesight, just
couldn’t understand why the boy stayed boney thin.
After three weeks she lost her patience.
“Gretel, fetch the wood and hurry up, we’re going to get
that boy in the cooking pot,” said the witch.

گریٹل نے بہت آہستہ آہستہ لکڑی جلانے کے چُولھے میں آگ سُلگانا شروع کی۔
جادوگرنی کو صبر نہیں تھا ”چُولھا اَب تک تیار ہو جانا چاہئے۔ اندر آجاؤ اور
دیکھو کہ وہ خوب اچھی طرح گرم ہوا ہے یا نہیں۔“ وہ چیخی۔
گریٹل سمجھ گئی تھی کہ جادوگرنی کا اصل مقصد کیا ہے۔
”مجھے نہیں معلوم کہ اندر کس طرح جاؤں۔“ وہ بولی۔
”بیوقوف، تو بیوقوف لڑکی!“ جادوگرنی نے طیش میں آکر کہا ”دروازہ کافی بڑا ہے۔ میں بھی اندر سما سکتی ہوں!“
اور یہ ثابت کرنے کے لئے اُس نے اپنا سر دروازے کے اندر گھُسا دیا۔
بجلی کی سی رفتار سے گریٹل نے جادوگرنی کے پورے جسم کو بھڑکتے ہوئے چُولھے میں دھکیل دیا۔
اُس نے لوہے کا دروازہ بند کر کے تالہ لگایا اور ہینسل کے پاس بھاگ کر پہنچی۔
وہ چیخی ”جادوگرنی مر چکی ہے! جادوگرنی مر چکی ہے! جادوگرنی کا خاتمہ ہو گیا ہے!“

Gretel slowly stoked the fire for the wood-burning oven.
The witch became impatient. “That oven should be ready by now. Get inside and see if it’s hot enough!” she screamed.
Gretel knew exactly what the witch had in mind. “I don’t know how,” she said.
“Idiot, you idiot girl!” the witch ranted. “The door is wide enough, even I can get inside!”
And to prove it she stuck her head right in.
Quick as lightning, Gretel pushed the rest of the witch into the burning oven. She shut and bolted the iron door and ran to Hansel shouting: “The witch is dead! The witch is dead! That’s the end of the wicked witch!”

ہینسل اپنے پنجرے سے اُچھل کر ایک اُڑتی ہوئی چڑیا کی طرح باہر آیا۔

Hansel sprang from the cage like a bird in flight.

ہینسل اور گریٹل نے ایک دوسرے کو گلے لگایا۔ وہ بے انتہا خوشی کے عالم میں چاروں طرف ناچتے رہے، گاتے رہے۔
اِس گھر کے ہر کونے میں اُن کو خزانوں کی صندوقچیاں ملیں جو موتیوں، زمرّد، یاقوت اور طرح طرح کی قیمتی چیزوں سے
بھری ہوئی تھیں۔ ہینسل اور گریٹل نے اپنی جیبیں مُنہ تک بھر لیں۔
”ہمارے پاس حیرت انگیز خزانے ہیں لیکن ہم اِس جنگل سے کس طرح آزاد ہوں؟“ گریٹل نے آہ بھر کر کہا۔
”پریشان مت ہو۔ ہم دونوں مل کر اپنے گھر کا راستہ تلاش کر لیں گے۔“ ہینسل بولا۔

Hansel and Gretel hugged each other. They danced and sang and ran around with joy. In every corner they found treasure chests filled with pearls, emeralds, rubies and all kinds of worldly precious things. Hansel and Gretel filled their pockets to overflowing.
“We have wondrous treasures, but how do we escape from the wild wood?” sighed Gretel.
“Don’t worry, together we will find our way home,” said Hansel.

تین گھنٹوں کے بعد وہ ایک تالاب کے قریب پہنچے۔
”ہم اِس کے پار نہیں جا سکتے۔“ ہینسل نے کہا ”نہ کوئی کشتی ہے نہ کوئی پُل۔ صرف شفاف نیلا پانی ہے۔“
”دیکھو! بلبُلوں کے اُوپر ایک سفید بُرّاق بطخ تیر رہی ہے۔“ گریٹل بولی ”شاید وہ ہماری مدد کر سکے۔“
دونوں نے مل کر گانا شروع کیا۔ ”ننھی بطخ جس کے سفید پَر چمک رہے ہیں، ہماری بات سُنو۔
پانی ہے گہرا۔ تالاب ہے چوڑا، کیا تم ہمیں اُس پار لے جاؤ گی؟“
بطخ تیرتی ہوئی اُن کے پاس آئی اور اُس نے پہلے ہینسل کو اور پھر گریٹل کو حفاظت سے تالاب کے اُس پار پہنچا دیا۔
دوسرے کنارے پر اُن کی جانی پہچانی دُنیا تھی۔

After three hours they came upon a stretch of water.
“We cannot cross,” said Hansel. “There’s no boat, no bridge, just clear blue water.”
“Look! Over the ripples, a pure white duck is sailing,” said Gretel. “Maybe she can help us.”
Together they sang: “Little duck whose white wings glisten, please listen.
The water is deep, the water is wide, could you carry us across to the other side?”
The duck swam towards them and carried first Hansel and then Gretel safely across the water.
On the other side they met a familiar world.

قدم قدم چلتے ہوئے اُن کو لکڑہارے کے گھر کا راستہ مل ہی گیا۔
"ہم گھر آ گئے ہیں!" بچوں نے چلاّ کر کہا۔
باپ کی باچھیں کھل گئیں۔ "تمہارے جانے کے بعد سے میں نے ایک لمحہ بھی خوشی کا نہیں گزارا" وہ بولا
"میں نے ہر جگہ تمہاری تلاش کی۔۔۔"

Step by step, they found their way back to the woodcutter's cottage.
"We're home!" the children shouted.
Their father beamed from ear to ear. "I haven't spent one happy moment since you've been gone," he said.
"I searched, everywhere..."

"اور امّاں؟"

"وہ چلی گئی! جب گھر میں کھانے کو کچھ نہیں بچا تو وہ غصّے میں نکل گئی اور بولی اَب تم میری شکل کبھی نہیں دیکھو گے۔
اَب بس ہم تینوں ہی ہیں۔"

"اور ہمارے پا قیمتی جواہرات۔" ہینسل بولا اور اُس نے اپنی جیب میں ہاتھ ڈال کر ایک برف کی طرح سفید موتی نکالا۔

"اچھا تو" اُن کے باپ نے کہا "لگتا ہے ہماری ساری مشکلات آخر کار ختم ہو گئی ہیں!"

"And Mother?"
"She's gone! When there was nothing left to eat she stormed out saying I would never see her again. Now there are just the three of us."
"And our precious gems," said Hansel as he slipped a hand into his pocket and produced a snow white pearl.
"Well," said their father, "it seems all our problems are at an end!"